SHANNON WEBER
JADE ORLANDO

WIR SIND DIE ZUKUNFT

So wirst du gehört, so wirst du gesehen
Anleitung für Aktivist*innen

dtv

Für alle Kinder, denen das
Gefühl gegeben wird, weniger wert zu sein
und nicht dazuzugehören. Ihr seid wertvoll
und diese Welt braucht euch. - S. W.

Für die, die den Mut haben,
etwas zu verändern. - J. O.

Titel der englischen Originalausgabe:
We Are All Equal! (Activists Assemble)
Zuerst erschienen 2021 bei Macmillan Children's Books,
einem Imprint von Pan Macmillan
The Smithson, 6 Briset Street

London, EC1M 5NR

Deutsche Erstausgabe
2021 dtv Verlagsgesellschaft mbH & Co. KG,
München

Übersetzung: Violeta Topalova
Satz: Gaby Michel, Hamburg
Printed in Serbia
ISBN 978-3-423-76362-2

MIX
Papier aus verantwortungsvollen Quellen
FSC® C117682

INHALT

WAS ist GLEICHHEIT?

Gleichheit bedeutet, dass *alle* Menschen respektvoll und freundlich behandelt werden, dass *alle* dieselben Chancen bekommen. Dazu zählt ein gleichberechtigter Zugang zu Ressourcen wie Nahrung, Obdach, Sicherheit, Bildung, Krankenversorgung und guten Jobs. In einer gerechten Welt hätten alle die Möglichkeit, sie selbst zu sein, für ihre Besonderheiten geschätzt zu werden und in Frieden zu leben. Alle würden fair behandelt und könnten das Beste aus ihrem Leben machen.

Leider leben wir nicht in einer gerechten Welt. Aufgrund von Unterdrückung wie zum Beispiel Rassismus, Sexismus, Ableismus, Homophobie, Transphobie oder Xenophobie ist es für viele Menschen sehr schwierig, ihr bestmögliches Leben zu leben. Andererseits profitieren diejenigen mit Privilegien (zum Beispiel reiche Familien) von Ungleichheit. Manche Menschen verfügen über viel mehr Mittel als andere und werden in der Gesellschaft besonders gut behandelt. Deshalb glauben sie oft, Ungleichheit sei gar kein großes Problem. Vielleicht fürchten sie sogar, sie könnten darunter leiden, wenn andere Menschen mehr Rechte bekommen. Aber in Wirklichkeit macht Gleichheit das Leben für alle Menschen besser.

Es ist wichtig, nicht zu vergessen, dass Ungleichheit nicht aus dem Nichts kommt, sondern eine lange, komplexe Geschichte hat. Wenn wir verstehen wollen, wie die Gesellschaft so ungleich werden konnte, müssen wir lernen, welche Ungerechtigkeiten sich im Laufe der Zeit entwickelt haben. Wir müssen uns informieren und denen zuhören, die seit Generationen gegen Ungleichheit kämpfen, wenn wir diesen Zustand verbessern wollen.

Menschen, die etwas unternehmen, um Gleichheit zu erreichen, nennen sich Aktivist♥innen. In diesem Buch werden wir viele Arten von Aktivismus und berühmte Aktivist♥innen aus aller Welt kennenlernen: von Kindern, die für Klimagerechtigkeit und Mädchenbildung kämpfen, bis zum inspirierenden Mut der Mitglieder der Black-Lives-Matter-Bewegung.

Wann wirst du Aktivist♥in für Gleichheit und Gerechtigkeit?

WAS ist GENDER?

Wir können uns Gender oder Geschlecht als eine Ansammlung von Eigenschaften, Stilen und Bedeutungen vorstellen, die wir damit verbinden, maskulin oder feminin, männlich oder weiblich zu sein. Zum Beispiel werden Kleider und Röcke oft mit Mädchen und Frauen verbunden. Gesellschaften treffen auf der Grundlage des Geschlechts eine Menge Voraussagen über das Verhalten und die Interessen einer Person.

Gender wird oft und fälschlicherweise mit dem biologischen Geschlecht einer Person gleichgesetzt. Anders ausgedrückt werden Menschen mit Penissen »Jungs« oder »Männer« genannt und es wird von ihnen erwartet, dass sie als männlich betrachtete Dinge mögen. Menschen mit Vaginas nennen wir »Mädchen« oder »Frauen« und gehen davon aus, dass sie weiblich gelesene Dinge mögen. Aber Gender geht über unsere Körper hinaus: Es beschreibt das, was wir mögen und bevorzugen, was uns in Herz, Geist und Seele glücklich macht. Es gibt feminine Jungs, maskuline Mädchen, Menschen, die sich sowohl feminin als auch maskulin ausdrücken, und außerdem non-binäre Personen, die sich selbst weder als weiblich noch als männlich sehen. Gender kann uns dabei helfen auszudrücken, wer wir sind, aber es sollte uns niemals einschränken oder uns anderen unterlegen machen.

TRANSGENDER

Transgender- oder Trans-Menschen sind Personen, deren Gender sich von dem Geschlecht unterscheidet, das ihnen bei der Geburt zugewiesen wird. Beispielsweise kann ein Arzt ein Baby aufgrund seiner körperlichen Merkmale als Jungen einstufen, obwohl sich die Person weiblich fühlt. Trans-Menschen sind in unserer Gesellschaft heftiger Diskriminierung ausgesetzt, und das ist nicht richtig.

DER KAMPF GEGEN GENDERKLISCHEES

Wenn Menschen in Gender-Stereotypen denken, dann glauben sie, bestimmte Dinge seien *nur* für Jungs oder *nur* für Mädchen geeignet. Diese klischeehafte Zuordnung wird auch »Sexismus« genannt. Hinzu kommt, dass Dinge, die »nur für Mädchen« bestimmt sind (wie Shopping oder Schminken) oft als doof oder unwichtig gelten. Manchmal bekommen junge Mädchen auch zu hören, dass sie Mathematik und Naturwissenschaften nicht so gut verstehen werden wie Jungs, was sie davon abhält, Berufe in diesen Bereichen zu wählen. Und Jungs bekommen oft zu hören, dass sie nicht weinen, mit Puppen spielen oder die Farbe Pink mögen dürfen. Aber wusstet ihr, dass vor 1940 männliche Babys rosa und weibliche Babys hellblau gekleidet wurden? Wir mögen zwar glauben, Gender-»Regeln« seien unveränderlich, aber das Ganze ist viel komplizierter. Es gibt keine »richtige« Art, irgendein Geschlecht zu leben. Wir alle sind menschliche Wesen und können uns auf die Art und Weise ausdrücken, die sich für uns richtig anfühlt.

Menschliches Verhalten wird oft auf sexistische Art mit zweierlei Maß gemessen. Beispielsweise kann dasselbe Verhalten bei Jungs selbstbewusst und durchsetzungsfähig genannt und bei Mädchen als herrschsüchtig oder zickig kritisiert werden!

FEMINISMUS VERSTEHEN

Feminismus ist Aktivismus für Geschlechtergleichheit. Feminist♥innen wollen zwar, dass Menschen aller Geschlechter gleichbehandelt werden, weisen aber darauf hin, dass in den meisten Gesellschaften besonders Frauen und Mädchen benachteiligt werden.

Die Feminist♥innen von heute kämpfen für eine ganze Menge Rechte: das Recht, Kinder zu bekommen oder auch nicht; Freiheit von Gewalt und Missbrauch; Lohngleichheit am Arbeitsplatz; Zugang zu allen Bildungsstufen und bezahlbare Gesundheitsfürsorge und Kinderbetreuung. Feminist♥innen kämpfen vor allem für Gleichheit für diejenigen Frauen, die besonders stark benachteiligt werden, wie zum Beispiel *Women of Color*, arme und bildungsschwache Frauen, Migrantinnen, LGBTQ+-Frauen und Frauen mit Behinderungen.

SUFFRAGETTEN

Die Suffragetten waren britische und irische Feminist♥innen, die zu Anfang des 20. Jahrhunderts mit radikalen Methoden für das Wahlrecht für Frauen kämpften. Ihre wichtigste politische Gruppierung, die *Women's Social and Political Union* (WSPU), wurde 1903 von Emmeline Pankhurst gegründet. Suffragetten ketteten sich an Gebäude, schrien Regierungsbeamte an, zerstörten öffentliches Eigentum und wurden Dutzende Male verhaftet. Emmeline sagte einmal: »Unser Geschlecht wird so schlecht behandelt, dass es unsere Pflicht ist, das Gesetz zu brechen, um auf die Gründe aufmerksam zu machen, aus denen wir das tun.« Einige Frauen in England, Wales und Schottland erhielten 1918 zum ersten Mal das Wahlrecht. Erst 1928 erreichten sie, dass sie gleichberechtigt mit den Männern wählen durften.

FEMINISMUS für JUNGS und MÄNNER

Ein Weg, wie Jungs und Männer dabei helfen können, Geschlechtergleichheit zu unterstützen, ist, ihren Teil der Hausarbeit zu leisten. Diese Arbeit – die normalerweise nicht bezahlt wird – übernehmen bislang oft Mädchen und Frauen.

Gender-Stereotype schaden auch Jungs und Männern. Es ist nicht gesund für sie, mit dem Zwang aufzuwachsen, dass sie nicht weinen oder über ihre Gefühle sprechen dürfen. Andererseits genießen Jungs und Männer männliche Privilegien, also die »unverdienten« Vorteile, die sie in der Gesellschaft nur dafür bekommen, dass sie eben männlich sind. Je mehr Privilegien ein Mann genießt, also zum Beispiel zusätzlich noch das Privileg, weiß zu sein oder reich zu sein, desto besser wird er in der Gesellschaft behandelt und desto weniger Hindernisse stellen sich ihm im Lauf seines Lebens in den Weg.

Feminismus verlangt von Jungs und Männern, dass sie dabei helfen, eine Welt aufzubauen, in der Mädchen und Frauen genauso behandelt werden wie sie und das Beste aus ihrem Leben machen können. Geschlechtergleichheit macht das Leben für alle besser – es wurde sogar gezeigt, dass Länder mit besserer Chancengleichheit auch wirtschaftlich stärker sind!

2019 kam Finnland, das elftreichste Land der Welt, in die Schlagzeilen, weil dort Sanna Marin mit 34 Jahren als jüngste Premierministerin der Welt gewählt wurde. Auch einige der wichtigsten Ministerinnen ihrer Regierung waren junge Frauen.

MÄDCHEN- und FRAUENRECHTE RUND UM die WELT

Frauen und Mädchen auf der ganzen Welt kämpfen für das Recht, zur Schule zu gehen, den Beruf zu ergreifen, den sie möchten, Männern wirtschaftlich gleichgestellt zu sein, in Sicherheit vor Gewalt und sexueller Nötigung zu leben und eine angemessene Anzahl an Regierungsposten zu besetzen. Ihre Anliegen und Kampagnen als Aktivist♥innen sind zwar je nach dem Land oder der Region, in der sie leben, unterschiedlich und richten sich danach, wie sehr Sexismus ihr Leben in unterschiedlicher Weise beeinträchtigt. Aber letztendlich kämpfen sie alle für Gleichheit.

2020 waren nur 21 der 195 Staatsoberhäupter der Welt Frauen.

2015 verdienten Frauen weltweit im Durchschnitt nur 60 bis 75 Prozent von dem, was Männer verdienten.

DAS ARMUTSGEFÄLLE ZWISCHEN FRAUEN UND MÄNNERN

Frauen und Mädchen machen zwar mehr als die Hälfte der Weltbevölkerung aus, leben verglichen mit Männern aber viel häufiger in Armut. Frauen verdienen weniger als Männer und die Gesellschaft erwartet von ihnen, die Kinderbetreuung zu übernehmen. Außerdem werden in Berufsfeldern wie zum Beispiel der Krankenpflege, die von Frauen dominiert werden, niedrigere Gehälter bezahlt als in Berufsfeldern, die von Männern dominiert werden. Feminist♥innen weisen auf diese Ungerechtigkeit hin und überlegen sich, wie sie sie bekämpfen können, damit möglichst bald auf der ganzen Welt Frauen mit Männern wirtschaftlich gleichgestellt sein werden.

MALALA YOUSAFZAI

Wisst ihr, wer die jüngste Person ist, die jemals den Friedensnobelpreis gewonnen hat? Falls ihr an **MALALA YOUSAFZAI** gedacht habt, liegt ihr goldrichtig! 2014 gewann Malala mit nur 17 Jahren den Preis für ihren Einsatz für das Recht pakistanischer Mädchen auf Schulbildung. Sie kämpfte schon seit ihrer frühen Jugend in Pakistan für dieses Recht. Eines Tages wurde Malala von den Taliban, einer islamistischen Terrorvereinigung, die Mädchen verbieten wollte, die Schule zu besuchen, angegriffen. Ein Scharfschütze der Taliban schoss Malala an, aber sie überlebte und kämpfte weiter! An ihrem 16. Geburtstag hielt sie eine Rede vor der UNO und brachte das Buch *Ich bin Malala* heraus. Sie ist auch heute noch als Aktivistin tätig und hat im Libanon sogar eine Schule für syrische Flüchtlingsmädchen gegründet. Malalas Mut und ihre Hartnäckigkeit zeigen uns, wie Mädchen aus aller Welt sich dazu bereit machen, für ihre Freiheit zu kämpfen.

DER KAMPF GEGEN *den* SCHÖNHEITSMYTHOS

Weil sexistische Gesellschaften der Schönheit von Frauen und Mädchen so viel Bedeutung beimessen, wachsen Mädchen in dem Glauben auf, dass Hübschsein eins der wichtigsten Ziele in ihrem Leben sein sollte. Deshalb fühlen sie sich oft unzufrieden mit sich selbst und halten gleichzeitig an unterdrückenden, diskriminierenden Vorstellungen darüber fest, was genau als schön gilt.

Westliche Schönheitsnormen beeinflussen den Rest der Welt. Sie verbreiten die Botschaft, dass Frauen und Mädchen unter anderem weiß, dünn, feminin und körperlich intakt sein müssen, um als schön zu gelten. Frauen und Mädchen, die anders sind, können ein niedriges Selbstwertgefühl und sogar Selbsthass entwickeln und glauben, sie müssten Diät halten oder sich sogar operieren lassen, um dünner und »hübscher« zu werden. Dies ermöglicht es der Schönheitsindustrie, damit Geld zu verdienen, dass Mädchen und Frauen mit ihrem Aussehen unzufrieden sind.

Im Gegensatz dazu kämpfen Feminist♥innen gegen diese Schönheitsmythen. Erstens, weil unzählige Arten von Schönheit existieren, und zweitens, weil es auf der Welt wichtigere Dinge gibt, als schön zu sein! Sie kämpfen für eine Welt, in der alle Frauen und Mädchen nicht nur auf ihr Aussehen stolz sein können, sondern auch auf ihre Intelligenz, Freundlichkeit, ihr Mitgefühl, ihren Humor und ihren Mut.

MÄDCHEN
HELFEN
MÄDCHEN

WAS ist SEXUALITÄT?

Unsere Sexualität basiert darauf, dass wir uns zu anderen Menschen sexuell hingezogen fühlen. Wir können von andersgeschlechtlichen, gleichgeschlechtlichen oder von Personen unterschiedlichen Geschlechts angezogen werden – oder von überhaupt niemandem. Das Geschlecht oder die Geschlechter, zu denen sich eine Person hingezogen fühlt, definiert ihre sexuelle Orientierung. Viele Menschen wissen schon in ihrer Jugend, was ihre sexuelle Orientierung ist, andere finden es erst später heraus. Alle sexuellen Orientierungen sind gleichwertig, auch wenn manche Menschen wegen ihrer verurteilt und benachteiligt werden.

SEXUELLE GLEICHHEIT UND LGBTQ+-RECHTE

Menschen wollen und sollten nicht aufgrund ihrer sexuellen Orientierung benachteiligt werden. Und sie wollen die Freiheit, ihre Sexualität auszudrücken, solange dies einvernehmlich geschieht und niemanden verletzt. Sie wollen mit den Menschen, die sie lieben, Familien gründen können. LBGTQ+-Menschen (das steht für lesbisch, schwul, bisexuell, transgender und queer, wobei das Pluszeichen noch einige andere Identitäten repräsentiert) erleben im Alltag oft Homophobie (Angst vor oder Hass gegen homosexuelle Menschen) oder Transphobie (die Angst vor oder der Hass gegen Transgender-Personen). Viele LGBTQ+-Menschen auf der Welt sind vor dem Gesetz nicht gleichgestellt. Manchmal werden sie von ihren Familien abgelehnt oder verstoßen, aufgrund von Vorurteilen gegen ihre sexuelle Orientierung oder ihre Geschlechtsidentität.

EINVERNEHMLICHKEIT (CONSENT)

Sexuelle Gleichheit beruht auf Einvernehmlichkeit. Einvernehmlichkeit, auch »Consent« genannt, bedeutet, dass du – wenn du alt genug dafür bist – ausdrücklich und begeistert zustimmst, bevor du mit einer anderen Person intim wirst. Es bedeutet, dass du dich jederzeit aus der Situation zurückziehen kannst, wenn du dich nicht wohl dabei fühlst. Niemand darf dir Schuldgefühle einreden oder dir Angst machen, um dich dazu zu bringen, mit dieser Person etwas Sexuelles zu tun.

FORTPFLANZUNGSFREIHEIT

Wenn Menschen ihre Sexualität ausleben, können sie das nur sicher tun, wenn ihre Fortpflanzungsfreiheit garantiert ist: die Freiheit, selbst entscheiden zu können, ob sie Kinder bekommen wollen oder nicht. Es bedeutet auch, dass Menschen, die keine Kinder wollen oder noch nicht bereit dazu sind, sicheren und bezahlbaren Zugang zu Verhütungsmitteln und Schwangerschaftsabbrüchen bekommen. Für Menschen, die Kinder bekommen wollen, bedeutet es, ausreichend Unterstützung und Ressourcen für eine sichere, bezahlbare Schwangerschaft und ein gutes Leben mit ihrem zukünftigen Kind zu haben (Gesundheitsversorgung, Ernährung, sicheres Obdach, Anleitung zur Babypflege und schließlich Kinderbetreuung). Feminist♥innen fordern schon seit mehr als hundert Jahren Fortpflanzungsfreiheit für alle.

LGBTQ+-AKTIVISMUS

Im Juni 1969 hatten die LGBTQ+-Menschen von New York City in den USA endgültig genug davon, benachteiligt zu werden. Damals war es illegal, wenn in Kneipen oder Discos zwei Männer oder zwei Frauen miteinander tanzten. Homosexualität galt als falsch und schlecht. Homosexuelle Menschen haben ihre Jobs verloren, wenn jemand ihre sexuelle Orientierung herausfand. Im Stonewall Inn, einer Schwulenbar in New York, stürmten oft grundlos Polizisten herein, machten sich über die Gäste lustig, verhafteten oder verprügelten sie sogar.

Aber am 28. Juni 1969 wehrten sich die Gäste der Bar gegen die Polizisten und wurden damit zu Aktivisten für sexuelle Gleichheit. Sie ließen die Welt wissen, dass sie die Homophobie und die Transphobie um sie herum nicht mehr länger hinnehmen würden und genau wie alle anderen Menschen ein Recht darauf hatten, frei und glücklich zu leben. Diese Ereignisse wurden später als »Stonewall-Rebellion« bekannt und halfen, den Weg für die moderne Schwulenrechtsbewegung freizumachen. Zu Ehren von Stonewall und der LGBTQ+-Freiheit werden inzwischen jedes Jahr im Juni auf der ganzen Welt *Pride*-Märsche und Umzüge abgehalten. Auch heute noch kämpfen LBGTQ+-Aktivist♥innen weiter gegen Gewalt und Verfolgung, gegen die Drangsalierung von Jugendlichen, Obdachlosigkeit, Diskriminierung am Arbeitsplatz und viele andere Probleme.

Der Regenbogen wurde 1978, als Gilbert Baker die Regenbogen-Flagge entwarf, das Symbol für LGBTQ+-Gleichheit. Die Farben repräsentieren die Vielfalt von LGBTQ+-Menschen, aber auch ihre Einheit als Gruppe, die für Gleichheit und Liebe kämpft.

GLEICHHEIT FÜR ALLE FAMILIEN

Es gibt so viele verschiedene Arten von Familien auf der Welt! Bei manchen gehören Kinder dazu, bei anderen nicht. Manche Kinder haben eine Mama, andere einen Papa. Andere haben eine Mama *und* einen Papa, oder zwei Mamas, oder zwei Papas, oder zwei Großeltern, die sie großziehen. Kinder können Adoptiveltern haben, Stiefeltern oder beides. Es gibt keine »richtige« Art, eine Familie zu sein. Trotzdem werden manche Familien von der Gesellschaft benachteiligt. Familien mit zwei Müttern oder Vätern sind oft Homophobie ausgesetzt. Jahrzehntelang mussten sie für das Recht kämpfen, gesetzlich heiraten und Kinder adoptieren zu dürfen – und in vielen Ländern ist das immer noch nicht erlaubt.Aber was eine Familie wirklich ausmacht, ist Liebe.

WAS sind BEHINDERUNGEN?

Behinderungen sind körperliche, mentale oder emotionale Eigenschaften, die es den Betroffenen erschweren, in Gesellschaften zu leben, in denen die Bedürfnisse von Menschen ohne Behinderungen im Vordergrund stehen. Wenn wir über Behinderungen sprechen, denken die meisten erst einmal an körperliche Behinderungen wie Blindheit, Taubheit oder Lähmung. Aber es gibt viele unterschiedliche Formen von Behinderungen – und nicht alle sind sichtbar.

Diskriminierung gegen Menschen mit Behinderungen wird Ableismus genannt.

NEURODIVERSITÄT

Die unterschiedlichen Arten, wie unsere Gehirne funktionieren, wie sie uns dabei helfen, Informationen zu verarbeiten und auf unsere Umwelt zu reagieren, wird Neurodiversität genannt. Ganz konkret bedeutet das, dass es viele unterschiedliche Arten gibt zu lernen, seine Laune auszudrücken und auf anstrengende Situationen – wie zum Beispiel Orte mit einer Menge Lärm und grellen Lichtern – zu reagieren. Beispiele von Neurodiversität sind Autismus, AD(H)S und Legasthenie. Nicht alle Gehirne funktionieren gleich, und das ist okay!

PSYCHISCHE KRANKHEITEN

Wenn wir Trauma und Stress erleben, kann das unseren Geist und unsere Emotionen verletzen und psychische Krankheiten hervorrufen, so zum Beispiel Depressionen und Angstzustände. Wenn sich eine Person den Arm oder das Bein bricht, zweifelt niemand daran, dass sie krank ist. Aber wenn unsere Gefühle oder Gedanken in sich zusammenbrechen, sehen das viele nicht als »echte« Krankheiten. Aber das sind sie! Deshalb ist es sehr wichtig, dass wir auch psychische Krankheiten in unseren Kampf für die Rechte von Menschen mit Behinderungen miteinschließen.

GRETA THUNBERG (GEB. 2003)

Die schwedische Aktivistin **GRETA THUNBERG** ist bekannt für ihre dringlichen Aufrufe an die politischen Führer♥innen der Welt, unseren Planeten vor der Umweltzerstörung zu retten, bevor es zu spät ist. Mit acht Jahren erfuhr sie, was Klimawandel ist, und mit 15 begann sie, vor ihrer Schule dagegen zu protestieren. Damit erregte sie weltweite Aufmerksamkeit. Greta, die Autistin ist, empfindet ihre Neurodiversität als Vorteil in ihrem Kampf für Gerechtigkeit, weil sie die Art geformt hat, wie sie die Welt sieht. Sie hat gesagt: »Ich bin manchmal ein bisschen anders als die Norm. Und unter den richtigen Umständen ist diese Andersartigkeit eine Superkraft.«

BEHINDERUNGEN und UNGLEICHHEIT

Menschen mit Behinderungen leben viel häufiger in Armut. Manchmal erlauben ihre Behinderungen es ihnen nicht zu arbeiten, was bedeutet, dass sie nicht genug Geld haben, um zu überleben. In anderen Fällen nehmen ihre Chef♥innen bei der Arbeit keine Rücksicht auf ihre Bedürfnisse oder sie bekommen aufgrund von Ableismus keinen Job. Viele Regierungen stellen nicht genügend Ressourcen für Menschen mit Behinderungen zur Verfügung. Wenn sie keinen Zugang zu den Dingen bekommen, die sie brauchen, um am gesellschaftlichen Leben teilzuhaben, sind sie zutiefst benachteiligt.

AKTIVISMUS VON MENSCHEN MIT BEHINDERUNGEN

Historisch betrachtet wurde es Menschen mit Behinderungen oft verweigert, selbst über ihr Leben zu bestimmen und ihre Träume zu erfüllen. Sie wurden und werden leider noch immer von manchen als unterlegen betrachtet, bemitleidet und bevormundet, im schlimmsten Fall wird ihr Leben sogar als weniger wertvoll bezeichnet. Dennoch haben sich Menschen mit Behinderungen immer gewehrt, für Gerechtigkeit gekämpft und viel zu unserer Welt beigetragen:
So zum Beispiel die Durchsetzung von Barrierefreiheit. Das bedeutet sicherzustellen, dass alle Menschen sich sicher und frei bewegen können, Zugang zu allen Orten bekommen und am gesellschaftlichen Leben unbeschränkt teilnehmen können. Barrierefreiheit bedeutet, dass die Gebäude und Plätze, die wir für Veranstaltungen und Versammlungen bauen, durchdacht und für *alle* Körper erreichbar sein müssen. Wir können zum Beispiel dafür sorgen, dass Veranstaltungsorte mit Rampen und Aufzügen ausgestattet sind, damit auch Menschen in Rollstühlen oder an Krücken an den Veranstaltungen teilnehmen können. Menschen mit und Menschen ohne Behinderungen müssen zusammenarbeiten, um eine inklusive Welt zu erschaffen, in der wir alle zurechtkommen können.

Zugang zu medizinischer Versorgung gehört zu den wichtigsten Bedürfnissen von Menschen mit Behinderungen und ist eines der wichtigsten Ziele der Aktivist♥innen auf diesem Gebiet. Dies bedeutet Zugang zu Ärzt♥innen, Medikamenten, Operationen, Hilfsmitteln für Alltagsaufgaben und Erledigungen, Assistenzhunden, Therapeut♥innen, Psychiater♥innen und so weiter. All diese Dinge können sehr teuer sein.

FRIDA KAHLO (1907–1954)

Die Künstlerin **FRIDA KAHLO** wurde 1907 in Mexiko geboren. Nach einem Busunfall 1925 war Frida körperlich behindert und litt für den Rest ihres Lebens an schrecklichen Schmerzen. Sie nutzte ihre mutigen, farbenfrohen Gemälde, um vieles von dem auszudrücken, womit sie zu kämpfen hatte: zum Beispiel, dass ihr Ehemann sie misshandelte und dass sie als bisexuelle Frau in einer homophoben, frauenfeindlichen Gesellschaft leben musste. Obwohl sie viel Zeit im Bett verbrachte, kämpfte Frida für ihr Recht auf künstlerische Ausdrucksfreiheit und vertrat radikale politische Ansichten zur Unterstützung unterdrückter Menschen.

WAS ist RASSISMUS?

Rassismus ist die Diskriminierung von *People of Colour* aufgrund einer negativen Einstellung zu ihrem ethnischen Hintergrund. Rassismus basiert auf Vorurteilen und Macht. Er wird von Menschen aufrechterhalten, welche die Macht haben, diese Vorurteile in der gesamten Gesellschaft zu verbreiten.

WEISSES PRIVILEG VERSTEHEN

Weißes Privileg ist ein Begriff, mit dem die unverdienten Vorteile beschrieben werden, die Weiße in unserer Gesellschaft genießen – einfach nur, weil sie als Weiße geboren wurden. Dieses Privileg umfasst sowohl »kleine« alltägliche Vorteile – wie zum Beispiel Heftpflaster, die zum Hautton passen – als auch gesellschaftliche Vorteile wie bessere Bezahlung für denselben Job und die Überrepräsentation in den Medien und der Regierung.

Um Gleichheit zu fördern, müssen Weiße Menschen verstehen, wie sie in der Gesellschaft auf Kosten von *People of Colour* profitieren. Selbst eine Weiße Person, die sich bemüht, nicht rassistisch zu sein, profitiert aufgrund des weißen Privilegs vom Rassismus. Es ist die Verantwortung Weißer Menschen, sich dagegen einzusetzen. Dies können sie zum Beispiel erreichen, in dem sie sich über die Bedürfnisse und Erfahrungen von *People of Colour* informieren und ihnen zuhören, sich anti-rassistischem Aktivismus anschließen und sich in Gemeinschaften engagieren, die immer noch unter den Auswirkungen von generationenlanger Sklaverei, Kolonialismus, Genozid und gesetzlicher Benachteiligung leiden.

2013 war der neunjährige Asean Johnson aus Chicago der jüngste Sprecher bei der *Realize the Dream*-Kundgebung, mit der der 50. Jahrestag von Martin Luther King Jrs. Marsch auf Washington begangen wurde. Asean sprach sich gegen die Budgetkürzungen und Schulschließungen in Chicago aus, die vor allem Schwarze und Latinx-Gemeinden schadeten. Er rettete seine Schule vor der Schließung und hat vor, im Jahr 2025 als Bürgermeister zu kandidieren!

WAS IST DIE »VORHERRSCHAFT DER WEISSEN«?

»Vorherrschaft der Weißen« bedeutet, dass manche Weiße sich fälschlicherweise für besser halten als *People of Colour* und alle Mittel einsetzen, um an der Spitze zu bleiben. Dabei denken wir vielleicht zuerst an Terroristen wie den Ku Klux Klan (KKK). Aber diese Ideologie ist viel größer als nur eine einzelne Gruppe: Sie ist das zentrale Mittel, mit dem die Ungleichheit der Ethnien auf der ganzen Welt eingeführt und aufrechterhalten wurde.

Die Vorherrschaft der Weißen ist der Grund dafür, dass Weiße dachten, es wäre in Ordnung, Millionen Menschen aus Afrika zu verschleppen und zu versklaven. Diese Ideologie bot die Rechtfertigung dafür, in Dutzende Länder einzufallen und dort koloniale Gräueltaten und Völkermord zu verüben. Sie half Ländern in Westeuropa und Nordamerika dabei, reich und mächtig zu werden, indem diese die Arbeitskräfte und Ressourcen von *People of Colour* ausnutzten. Diese Taten und das Vermächtnis der Vorherrschaft der Weißen zu verstehen, ermöglicht es uns, dagegen anzukämpfen und eine gerechte Zukunft der Gleichheit zu erschaffen.

DAS VERMÄCHTNIS der SKLAVEREI

Weil die legale Versklavung Schwarzer, afrikanischer und afro-karibischer Menschen vor mehr als 150 Jahren abgeschafft wurde, sind viele Leute der Ansicht, dass sie nichts mit den Problemen von heute zu tun hat. Aber das könnte falscher nicht sein. Die Gewalt, die *People of Colour* in der Vergangenheit erfahren haben, hallt bis in die Gegenwart nach – in Form der wirtschaftlichen und ethnischen Benachteiligung, die sich über Generationen hinweg entwickelt hat.

Bis 1865 erhielten Schwarze Familien in Großbritannien zum Beispiel kein Einkommen und konnten keinen Besitz an ihre Nachkommen vererben, da sie selbst als Besitztümer galten. Sogar nach dem Ende der Sklaverei waren Schwarze Amerikaner durch die Jim-Crow-Gesetze bis Mitte der 1960er Jahre einer sogenannten »Rassentrennung« unterworfen, die bestimmte und einschränkte, wo sie leben, arbeiten oder wählen durften. Gleichzeitig häuften Weiße Familien über Jahrhunderte hinweg durch Sklaverei, Diebstahl von indigenem Land und besserer Behandlung vor dem Gesetz immensen Reichtum an. Als Resultat waren 2016 Weiße Haushalte in den USA im Durchschnitt beinahe zehnmal so reich wie Schwarze Haushalte.

2015 riss die Schwarze Filmemacherin und Aktivistin Bree Newsome vor dem South Carolina State House eine Konföderiertenflagge vom Fahnenmast. Die Flagge der Konföderation wurde in den USA in den 1860er Jahren vor und während des US-Bürgerkriegs gehisst, als 11 Bundesstaaten versuchten, eine separate Nation zu bilden und die Sklaverei Schwarzer Menschen weiterhin zu erlauben. Heute wollen viele Weiße US-Amerikaner♥innen diese Flagge weiterhin hissen, obwohl sie als ein Symbol von Rassenhass gilt, das Schwarze Menschen als traumatisierend und beleidigend empfinden.

In Haiti begannen Europäer sofort nach der Ankunft von Christopher Kolumbus 1492, die dortige Bevölkerung zu versklaven. Während der Haitianischen Revolution erhoben sich die versklavten Menschen Haitis erfolgreich gegen die französischen Kolonisatoren. Nach der Revolution weigerte sich Frankreich allerdings, Haiti als eigenständigen Staat anzuerkennen, bis die Haitianer♥innen das Geld bezahlten, das Frankreich durch die Sklaverei erwirtschaftet hätte. Dies stürzte Haiti bis in die 1940er Jahre in extreme Schulden. Auch heute ist Haiti noch eines der ärmsten Länder der Welt, in dem Menschenhandel und moderne Sklaverei leider weit verbreitet sind.

MODERNE SKLAVEREI

Im Jahr 2016 lebten mehr als 40 Millionen Menschen rund um die Welt auf irgendeine Art und Weise in Sklaverei. Ein Viertel davon sind Kinder. Sklaverei hat viele Gesichter: Menschen werden gezwungen, für wenig oder gar keinen Lohn zu arbeiten, gegen ihren Willen zu heiraten, oder sie werden sexuell missbraucht – schlimmstenfalls eine Kombination dieser drei Taten. Manchen Menschen wird ein neuer Job in einem fremden Land versprochen, und die Menschenhändler nehmen ihnen schon vor der Ankunft Pass und Geld weg und zwingen sie dann, eine Art von Arbeit zu verrichten, der sie nie zugestimmt haben. Deshalb sind Migrant♥innen besonders gefährdet, vor allem Frauen und Mädchen.

Moderne Sklaverei existiert überall auf der Welt.

APARTHEID

Südafrika hat eine lange Geschichte europäischer Kolonisation hinter sich. Als holländische Kolonialisten im 17. Jahrhundert dort eintrafen, hielten sich viele für besser als die afrikanischen Völker, die bereits dort lebten. 1948 übernahm eine rassistische Partei namens *South African National Party* die Regierung.

Unter einer Politik namens »Apartheid«, was »Getrenntheit« bedeutet, führten die Weißen Regierenden eine »Rassentrennung« ein, die alle Bereiche der Gesellschaft umfasste. Weiße wurden unter »Weißen Gesetzen« besser behandelt, obwohl die überwältigende Mehrheit der Bevölkerung Schwarz war. In den 1950er Jahren organisierten Schwarze Aktivist♥innen Proteste unter politischen Anführer♥innen wie zum Beispiel Nelson Mandela. Aktivist♥innen wurden verhaftet, von weißen Polizisten verprügelt und sogar ermordet. In den 1970er und 1980er Jahren schlossen sich weltweit viele Menschen den Protesten an, da die Gewalt einfach nicht aufhörte. 1989 gewannen die Aktivist♥innen schließlich. Eine neue Verfassung wurde verabschiedet, die Weiße und Schwarze Menschen vor dem Gesetz gleichstellte. 1994 wurde Nelson Mandela zum Präsidenten gewählt und die Apartheid abgeschafft.

EUGENIK

Ende des 19. und Anfang des 20. Jahrhunderts wurde die Eugenik als ernsthafte Wissenschaft betrachtet. Eugenik ist der Versuch, die menschliche Spezies zu »verbessern«, indem bestimmte Gruppen zur Fortpflanzung ermutigt und andere Gruppen daran gehindert werden. Wissenschaftler vermaßen die Schädel und Gehirne von Menschen und behaupteten, die Gehirne der Weißen wären am größten. Eugenik war für die Weißen ein Mittel, ihre Vorherrschaft zu rechtfertigen, indem sie behaupteten, sie wären einfach »von Natur aus« besser und klüger als *People of Colour*. Später rechtfertigten die Nazis während des Holocausts ihren Genozid an jüdischen Menschen, Menschen mit Behinderungen, LGBTQ+-Menschen und anderen Gruppen durch Eugenik. Heute wird die Eugenik als moralisch verwerfliche Pseudowissenschaft abgelehnt, also als etwas, das behauptet, wissenschaftlich zu sein, es aber nicht ist.

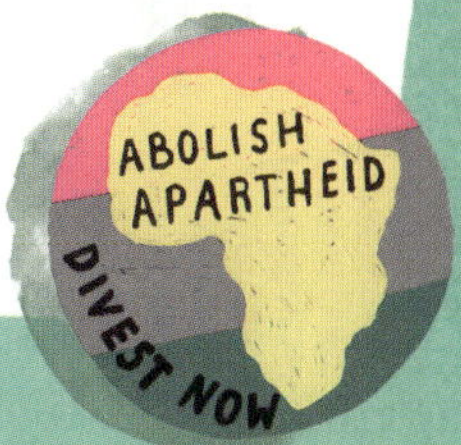

NELSON MANDELA (1918–2013)

NELSON MANDELA war ein südafrikanischer Revolutionär und Politiker, der 50 Jahre lang gegen Rassismus und Apartheid kämpfte. Er wurde 1963 ins Gefängnis gesteckt und im folgenden Jahr zu lebenslanger Haft verurteilt. Insgesamt saß er 27 Jahre lang im Gefängnis, bis er 1990 frei kam. Im folgenden Jahr wählte ihn das südafrikanische Volk zum ersten Schwarzen Präsidenten Südafrikas – in der ersten Wahl, in der es legal wählen durfte. Nelson ist heute als Held bekannt, der den Kampf für die Gleichheit niemals aufgab, trotz des enormen Preises, den er dafür zahlen musste.

KOLORISMUS

Aufgrund des weitreichenden Einflusses von Rassismus und der Vorherrschaft der Weißen wird helle Haut in vielen Teilen der Welt selbst unter *People of Colour* hoch geschätzt. Beispielsweise ist helle Haut in Indien sehr begehrt, und Hautaufhellung ist auch noch 70 Jahre nach der indischen Unabhängigkeit von Großbritannien sehr beliebt. Diskriminierung gegen Menschen mit dunkler Hautfarbe innerhalb von *People-of-Colour*-Gemeinschaften nennen wir Kolorismus. Diese Gemeinschaften verfügen zwar nicht über das Weiße Privileg, das Menschen europäischer Abstammung genießen, aber auch in ihren Gemeinschaften gibt es Hierarchien und Selbstwertprobleme aufgrund von Hautfarbe. In einer gerechten Welt würden Menschen *aller* Hautfarben gleichermaßen geschätzt und akzeptiert.

Hautaufhellungscremes enthalten oft gefährliche Chemikalien. 2015 wurden Cremes mit diesen Inhaltsstoffen im westafrikanischen Staat Elfenbeinküste verboten.

LITTLE MISS FLINT (GEB. 2007)

AMARIYANNA "MARI" COPENY, genannt Little Miss Flint, ist eine Kinderrechtsaktivistin, die gegen Umweltrassismus in ihrer Heimatstadt Flint (Michigan, USA) kämpft. Sie erregte 2016 die Aufmerksamkeit von US-Präsident Barack Obama, als sie ihm mit erst acht Jahren einen Brief über die Wasserkrise dort schrieb. Seither hat Little Miss Flint gegen US-Präsident Donald Trump protestiert, weil er sein Versprechen, die Krise zu beenden, nicht einhielt. Ihr Projekt *Dear Flint Kids* sammelt Unterstützungsbriefe für die Stadt. Sie hat bisher Geld für mehr als 200 000 Flaschen mit sauberem Trinkwasser gesammelt.

UMWELTRASSISMUS

Umweltrassismus ist eine Kombination aus Umweltungerechtigkeit und Rassismus. Er findet statt, wenn Regierungen und Firmen aus Geldgier in sozial schwachen Gemeinden, in denen vor allem *People of Colour* leben, die Umwelt verschmutzen oder schädigen. Aktivist♥innen werfen den Verantwortlichen aus Politik und Wirtschaft vor, dass sie die Gesundheit der Anwohner♥innen als weniger wichtig betrachten als die reicher Weißer, die viel seltener in diesen verseuchten Gebieten leben müssen.

Ein Beispiel für Umweltrassismus ist, dass die Regierungen der USA und Kanada Ölpipelines unter indigenem Land bauen. Diese Pipelines entweihen heilige Stätten und können das Trinkwasser verschmutzen. Indigene Aktivist♥innen wie die Sioux von Standing Rock (South Dakota, USA) protestieren gegen diese Projekte. Sie rufen immer wieder: »Mni Wiconi« oder »Wasser ist Leben!«

In Flint (Michigan, USA), einer Stadt mit hauptsächlich Schwarzer und sozial schwacher Bevölkerung, ist das Wasser seit 2014 mit Blei vergiftet. Trotz heftiger Proteste von Bürger♥innen, Aktivismus und vielen mit Bleivergiftung zusammenhängenden Krankheiten und Todesfällen ist das Wasser dort immer noch verseucht.

BLACK LIVES MATTER

2013 gründeten die Schwarzen US-Feministinnen Patrisse Cullors, Alicia Garza und Opal Tometi eine Bewegung namens *Black Lives Matter*. Das Ziel der Bewegung ist es, für den Wert, die Würde und die Bürgerrechte von Schwarzen Menschen zu kämpfen – und zwar angesichts des immer noch aktuellen Problems, dass unbewaffnete Schwarze Menschen und sogar Kinder immer wieder von der US-Polizei bedroht, angeschossen und getötet werden.

Black-Lives-Matter-Aktivist♥innen sind ganz normale Bürger♥innen aus Städten in den USA – und der ganzen Welt – denen gleiche Rechte für alle wichtig sind. Sie wollen, dass Schwarze Kinder in einem Land aufwachsen können, in dem sie keine Angst vor Racial Profiling und der Polizei haben müssen. Wenn *People of Colour* häufiger ohne Anlass von der Polizei angehalten und wegen rassistischer Vorurteile wie Verbrecher♥innen behandelt werden, sprechen wir von *Racial Profiling*. Black Lives Matter kämpft, wie so viele Bürgerrechtsbewegungen vor ihr, für eine Zukunft, in der die Gleichheit der Ethnien nicht mehr nur ein Traum, sondern Realität ist.

Manchmal widersprechen Weiße, die Rassismus gegen Schwarze Menschen nicht selbst erleben müssen, der Botschaft von Black Lives Matter mit dem Argument »All Lives Matter!«, also »Alle Leben zählen!«. Das stimmt zwar, aber unter Rassismus leiden nun mal besonders Schwarze Menschen. Gleichheit bedeutet nicht immer, alle Menschen gleich zu behandeln. Manchmal geht es auch darum anzuerkennen, dass unterschiedliche Gruppen unterschiedliche Probleme haben und ihr Leid auf eine bestimmte Weise thematisiert und bekämpft werden muss.

VIELFALT IST STÄRKE

Wie wir sehen, gibt es sehr viele Beispiele dafür, wie die Ideologie von der Vorherrschaft der Weißen Ungleichheit und Ungerechtigkeit gefördert und das Leben vieler Menschen beeinträchtigt hat. Aber seitdem es Ungleichheit gibt, gibt es auch Menschen, die sich für Gleichheit einsetzen. Es hat schon immer Menschen gegeben, die den Mund aufgemacht und sich mit großem Mut zusammengeschlossen haben, um den Aktivismus anzustoßen, der nötig ist, um die Welt zum Besseren zu verändern! Wenn wir uns für die Gleichheit aller Ethnien und Menschen einsetzen, dürfen wir eines auf keinen Fall vergessen: Vielfalt ist unsere Stärke. Was bedeutet das? Es bedeutet, die Tatsache zu akzeptieren, dass Menschen unterschiedlich sein können, ohne dass dabei eine Gruppe als besser oder schlechter abgestempelt werden muss. Es bedeutet, dass wir unsere Unterschiede annehmen und die vielfältigen Perspektiven und Erfahrungen feiern sollten, die wir alle mit uns bringen. Das Leben wäre doch schrecklich langweilig, wenn wir alle gleich wären! Aber es kann nur gerecht sein, wenn wir alle *gleichbehandelt* werden. Alle Menschen und alle Gemeinschaften haben ihren eigenen Wert und ihre eigenen Stärken. Und nur gemeinsam können wir strahlen.

WAS ist KLASSISMUS?

Wenn wir an Gleichheit denken, ist ein besonders wichtiger Faktor, wie viel Geld ein Mensch hat und wie gut deshalb sein Zugang zu verschiedenen Dingen ist – zum Beispiel zu Nahrung, Bildung, Wohnungen, Gesundheitsversorgung und so weiter. Wenn arme oder sozial schwache Menschen als weniger wichtig betrachtet werden als reiche und gesellschaftlich höher stehende Menschen, wenn ihnen weniger Respekt entgegengebracht wird und ihnen weniger Ressourcen zur Verfügung stehen, dann ist das Klassismus. Klassismus wird wie eine Waffe gegen ärmere Menschen eingesetzt, zum Beispiel, wenn ihnen gesagt wird, sie verdienten kein besseres Leben, weil sie »faul« wären, »nicht hart genug arbeiten« würden oder »das eben so ist«.

Ungleichheit herrscht, wenn Arbeiter♥innen niedrige Löhne bekommen, sich die nötige medizinische Versorgung nicht leisten können oder in reichen Ländern trotz Nahrungsüberfluss an Hunger leiden müssen. In einer gerechten Welt hätten alle genug Geld, um sich und ihren Familien ein gutes Leben zu ermöglichen. Niemand wäre mehr unfreiwillig obdachlos. Niemand hätte Angst, zum Arzt oder zur Ärztin zu gehen, weil das zu viel Geld kostet. Und keine Person der Welt müsste sich je wieder dafür schämen, wie viel Geld sie hat, in was für einem Haus sie wohnt oder in welchem Beruf sie arbeitet.

CHANCENGLEICHHEIT

Fakt ist: Wir werden nicht alle in die gleichen Situationen mit den gleichen Chancen hineingeboren. Manche Menschen werden in Familien, Gemeinschaften oder Gesellschaften geboren, in denen sie nur sehr wenig haben, während andere privilegiert sind und alle Vorteile dessen genießen. Beispielsweise wird es einem Mädchen, das in einer sozial schwachen Familie aufwächst, weitaus schwerer fallen, Ärztin zu werden, als einem Mädchen aus einer reichen Familie. Sie kann sich vielleicht das Lehrmaterial nicht leisten, muss neben dem Studium arbeiten und hat deshalb weniger Zeit zum Lernen. Vielleicht begegnen ihr ihre reichen Kommiliton♥innen und potenziellen Chef♥innen auch mit Herablassung, weil sie auf eine weniger angesehene Schule oder Universität gegangen ist.

Wenn wir verstehen wollen, welche Hindernisse auf dem Weg zur Chancengleichheit liegen, müssen wir auch betrachten, wie verschiedene Formen der Diskriminierung zusammenhängen. Eine Frau aus der Unterschicht, die weniger Gehalt bekommt als ihr männlicher Kollege, erlebt zum Beispiel sowohl Klassismus als auch Sexismus. Es ist die Aufgabe von Aktivist♥innen, auf diese Zusammenhänge aufmerksam zu machen.

ARBEITER♥INNEN und GEWERKSCHAFTEN

Arbeitsrechtsaktivist♥innen, auch Arbeitsaktivist♥innen oder Gewerkschaftsaktivist♥innen genannt, engagieren sich dafür, das Leben von Arbeiter♥innen zu verbessern. Sie setzen sich schon seit Generationen für bessere Arbeitsbedingungen ein.

Ein Streik bedeutet, dass Arbeitende so lange die Arbeit niederlegen, bis ihre Chef♥innen ihnen zuhören und auf ihre Forderungen reagieren.

Die industrielle Revolution des 17. und 18. Jahrhunderts wurde nur durch die Plackerei von unterbezahlten, ausgebeuteten Arbeiter♥innen ermöglicht. Viele waren Migrant♥innen, viele von ihnen Kinder. Frauen bekamen noch niedrigere Löhne als Männer. Alle arbeiteten beinahe täglich stundenlang unter gefährlichen Bedingungen: In den Fabriken kam es nicht selten zu schweren Verletzungen und sogar tödlichen Unfällen.

GEWERKSCHAFTEN

Gewerkschaften wurden von Arbeiter♥innen gegründet, die sich zusammenschlossen, um bessere Löhne und bessere Arbeitsbedingungen einzufordern. Wieder und wieder merkten die Arbeiter♥innen, dass sie positive Veränderungen schneller erreichen konnten, wenn sie alle zusammenhielten, protestierten und streikten. Schließlich können Chef♥innen ohne ihre Arbeiter♥innen kein Geld verdienen! Arbeitsaktivismus ist der Grund, warum wir heutzutage ein Wochenende haben, weshalb es Höchstarbeitsgrenzen, den Mindestlohn und Sicherheitsvorkehrungen am Arbeitsplatz gibt. Solange Chef♥innen ihre Arbeiter♥innen aus Profitgier ausbeuten, sind Gewerkschaften unbedingt notwendig. Denn wenn Arbeiter♥innen an ihre eigene Stärke glauben und zusammenhalten, können sie Berge versetzen!

DOLORES HUERTA (GEB. 1930) und CÉSAR CHÁVEZ (1927–1993)

In den USA werden Wanderarbeiter♥innen aus Mexiko, die bei der Ernte helfen, schon sehr lange ausgebeutet. Sie werden unterbezahlt und müssen unter gefährlichen Arbeitsbedingungen in der prallen Sonne Früchte pflücken, oft ohne Schattenplätze und ausreichend Wasser, während sie Pestizide einatmen. Im Jahr 1962 gründeten die amerikanischen Arbeitsaktivist♥innen **DOLORES HUERTA** und **CÉSAR CHÁVEZ** mit einer anderen Gruppe zusammen die *United Farm Workers of America*. Dolores prägte das spanische Motto »¡Si, se puede!«, was so viel bedeutet wie »Ja, das ist machbar!« Die *United Farm Workers* unterstützten die Traubenpflücker♥innen dabei, für bessere Löhne und Sicherheitsvorkehrungen zu streiken, und organisierten Boykotte. Boykott heißt, dass Menschen dadurch protestieren, dass sie sich weigern, Produkte von Produzenten zu kaufen, die daran Geld verdienen, Arbeiter♥innen auszubeuten oder die Umwelt zu verschmutzen. Die Idee dahinter ist, dass eine Firma oder eine Regierung dazu gezwungen ist, positive Veränderungen durchzusetzen, wenn sie nur genug Geld verliert (selbst wenn ihnen die Arbeiter♥innen vorher völlig egal waren).

US-Präsident Barack Obama (von 2009 bis 2017 im Amt) ehrte die Bewegung der Erntehelfer♥innen mit seinem eigenen Wahlkampfmotto »Yes we can!«. Dies zeigt, wie unterschiedliche Formen von Aktivismus sich gegenseitig inspirieren können.

KAMPF GEGEN AUSBEUTUNG

Obwohl die Arbeiter♥innenbewegung seit Entstehung der ersten Gewerkschaften eine Menge Fortschritte erzielt hat, gibt es immer noch sehr viel zu tun. In den USA werden Wanderarbeiter♥innen immer noch ausgebeutet und ihre Arbeit nicht hoch genug geschätzt, obwohl die meisten Amerikaner♥innen ohne sie kein Essen auf den Tisch bekämen. Und je mehr Rechte sich die Arbeiter♥innen in westlichen Ländern erkämpft haben, desto erbarmungsloser beuten globale Bekleidungsmarken und andere Konzerne Menschen in ärmeren Ländern aus, wo es weniger Bestimmungen zum Schutz der Arbeitenden gibt.

ARBEITER♥INNEN, VERSAMMELT EUCH!

Im vergangenen Jahrzehnt haben die Regierungen rund um den Globus immer mehr gespart. Regierungen versuchen, dadurch Geld zu sparen, dass sie Löhne und Bezüge, Ausbildungsförderungen und andere Programme kürzen, die den verwundbarsten Mitgliedern der Gesellschaft helfen könnten.

Arbeiter♥innen auf der ganzen Welt kämpfen gegen solche Sparmaßnahmen. Millionen Menschen gehen auf die Straße und riskieren dabei oft ihr Leben im Angesicht gewalttätiger Polizeikräfte oder des Militärs. Sie fordern ihre Regierungen dazu auf, in höhere Löhne, in ein bezahlbares Gesundheitssystem, bezahlbaren Wohnraum und Sozialleistungen für die Schwächsten zu investieren, statt Geld für diejenigen zu horten, die an der Spitze der Gesellschaft stehen. Diese Proteste werden von Gewerkschaften und an der Basis von Gruppen ganz gewöhnlicher Bürger♥innen organisiert.

WIR SIND MEHR WERT!
SICHERHEIT FÜR ARBEITER♥INNEN!
HUELGA
OCCUPY WALL ST.
99%
WIR SIND MEHR WERT!
DELANO TRAUBEN STREIK
YES WE CAN!

WAS ist NATIONALISMUS?

Wenn Menschen eine starke Verbindung zu ihrem eigenen Land empfinden, nennt sich das Nationalismus. Dies kann eine Art sein, das zu feiern, was den Menschen an ihrem Land gefällt. Aber Nationalismus wird ungerecht und sogar gefährlich, sobald er Menschen dazu bringt, die Bürger♥innen ihres eigenen Landes für besser zu halten und besser zu behandeln als die Menschen aus anderen Ländern.
Nationalismus ist oft mit Rassismus verbunden, wenn Menschen der Meinung sind, dass nur Personen mit bestimmten ethnischen Hintergründen »in ihr Land gehören«.

Nationalismus kann tödlich sein. In den 1930er und 1940er Jahren beschloss der deutsche Diktator Adolf Hitler, jüdische Menschen – und einige andere Gruppierungen – seien keine »echten« Deutschen. Seine Partei setzte diese Überzeugung durch und ermordete Millionen von Menschen.
Wenn wir hören, ein Land sei »besser als der Rest«, und dass nur bestimmte Menschen »in ein Land gehören«, müssen wir uns fragen, welche Menschen durch diese Idee ausgeschlossen und verletzt werden.

SOPHIE SCHOLL (1921–1943)

SOPHIE SCHOLL war ein Teenager im nationalsozialistischen Deutschland. Als Studentin begann sie, Hitlers Ideen anzuzweifeln, und schloss sich einer kleinen Widerstandsgruppe namens die »Weiße Rose« an. Sophie riskierte ihr Leben, um nazikritische Pamphlete zu schreiben und zu verteilen. Sie wurde entdeckt und zusammen mit den anderen Mitgliedern der Weißen Rose verhaftet. Sophie war erst 22 Jahre alt, als sie von den Nazis ermordet wurde. Heute wird sie in Deutschland und der ganzen Welt für ihren unglaublichen Mut geehrt.

XENOPHOBIE VERSTEHEN

Xenophobie setzt sich zusammen aus den griechischen Worten »xenos«, was »Fremder« oder »Ausländer« bedeutet, und »phobos«, was »Angst« heißt. Xenophobie ist also die Angst vor oder Feindlichkeit gegen Menschen, die wir als »fremd« oder »ausländisch« betrachten. Sie richtet sich gegen Menschen, die aus einem anderen Land stammen oder augenscheinlich einer anderen Kultur angehören.

Ein Beispiel von Xenophobie ist, wenn ein Muslim in einem Land, in dem Muslime eine Minderheit sind, als »Terrorist« bezeichnet und ihm gesagt wird, er solle »dahin zurückgehen, wo er herkommt«. Dieser Hassakt geht davon aus, dass Muslime von »woanders« stammen müssen, dass sie nicht an den Ort gehören, an dem sie leben, und dass sie nicht willkommen sind, weil sie (fälschlicherweise!) als Furcht einflößend oder gewalttätig angesehen werden. Xenophobie beruht auf Stereotypen und Lügen, die Menschen glauben lassen, dass alle Angehörigen einer bestimmten Gruppierung gleich denken, aussehen oder handeln. Nur wenn wir uns näherkommen und sowohl die Unterschiede zwischen uns als auch die Gemeinsamkeiten, die wir als Angehörige der Familie Mensch miteinander teilen, wertschätzen lernen, können wir eine gleichberechtigte Zukunft schaffen.

In den USA wurde Xenophobie als Rechtfertigung dafür benutzt, um Amerikaner♥innen japanischer Abstammung während des Zweiten Weltkriegs in Internierungslager einzusperren. Momentan wird sie dafür genutzt, Familien aus Mexiko und Lateinamerika, die illegal über die Grenze in die USA kommen, voneinander zu trennen oder sogar zu verhaften.

GLEICHHEIT FÜR MIGRANT♥INNEN *und* GEFLÜCHTETE

Migrant♥innen sind Menschen, die in ein anderes Land auswandern oder emigrieren. Sie tun das aus den unterschiedlichsten Gründen. Viele hoffen auf ein besseres Leben für ihre Familien und wollen mehr Geld verdienen. Sie wandern wegen eines neuen Jobs oder wegen ihres Studiums aus, während andere sich verlieben und beschließen, in das Heimatland ihres Partners zu ziehen. Es gibt weltweit beinahe 272 Millionen Migrant♥innen.

Im Gegensatz dazu sind Geflüchtete Menschen, die aufgrund von Krieg, Naturkatastrophen oder politischer Verfolgung aus ihrem Heimatland fliehen *mussten*. Zum Beispiel musste eine große Anzahl Menschen wegen des Bürgerkriegs in Syrien und der gewaltsamen Auseinandersetzungen in Afghanistan, dem Irak und mehreren afrikanischen Staaten nach Europa fliehen. Viele Geflüchtete stoßen in ihren Aufnahmeländern auf Ablehnung, oft schlägt ihnen Rassismus und Xenophobie entgegen und sie leben in Armut. Deshalb muss der Kampf für Gleichheit auch die Rechte von Migrant♥innen und Geflüchteten mit einbeziehen.

Trotz der Hindernisse, die sich ihnen in den Weg stellen, verbessern Migrant♥innen und Geflüchtete die Gesellschaft. Sie sind in allen Berufszweigen vertreten: Sie helfen bei der Ernte, pflegen Gebäude, erfinden neue Technologien und retten als Ärzt♥innen Leben. Gibt es in einer Gesellschaft nicht genug Fachkräfte, können diese Lücken dank Migration gefüllt werden.

Berühmte Geflüchtete sind unter anderem der Wissenschaftler Albert Einstein, Anne Frank und die Sängerin Gloria Estefan.

Indigene Völker südlich des Polarkreises in Kanada werden dort *First Nations People* genannt, um ihren Status als Ureinwohner♥innen anzuerkennen.

EUROPÄISCHE SIEDLER UND INDIGENE VÖLKER

Ab dem 15. Jahrhundert trafen in den Amerikas, Australien und Neuseeland europäische Siedler ein, die das Ziel hatten, die existierenden indigenen Populationen zu ersetzen und ihr Land zu übernehmen. Dieses Vorgehen nennt sich Siedlungskolonisation. Angetrieben durch Rassismus, Nationalismus und Xenophobie verübten die Europäer♥innen Genozid an den indigenen Stämmen. Sie hielten sich für die rechtmäßigen Eigentümer♥innen des Landes und nannten es »ihre« Neue Welt, obwohl die indigenen Menschen die ursprünglichen Einwohner♥innen waren. Viele dieser Europäer waren selbst vor Gewalt und Verfolgung aus ihren Heimatländern geflüchtet – und trotzdem verübten sie dieselbe Gewalt an den Menschen, in deren Länder sie einfielen. Indigene Völker haben sich aber schon immer gegen Siedlungskolonisation gewehrt. Sie bestehen auf ihrem Recht, ihr Land, ihr Wasser und ihre Ernten zu kontrollieren. Sie kämpfen um Zugang zu guten Jobs und Bildungschancen, zelebrieren ihre kulturellen und spirituellen Traditionen und geben sie an ihre Nachkommen weiter. Damit heilen sie ihre Herzen von der Scham und dem Selbsthass, die ihnen die Europäer♥innen jahrhundertelang eingebläut haben, und ersetzen sie durch Selbstliebe und Stolz.

Die Klimakrise lässt immer mehr Gebiete auf der Welt unbewohnbar werden. Dies treibt die globale Migration der sogenannten »Klimaflüchtlinge« an.

WAS ist RELIGIONSFREIHEIT?

Religionsfreiheit ist das Recht aller Menschen darauf, frei jede Religion – oder keine Religion – zu praktizieren, wenn sie wollen.
Das klingt so einfach, aber die Weltgeschichte zeigt uns, dass Millionen von Menschen diese grundlegende Form der Gleichheit – oft gewaltsam – verweigert wurde.

RELIGIONSKRIEGE

In vielen Kriegen bekämpften sich religiöse Gruppen. Dies schließt auch verschiedene Untergruppen derselben Religion mit ein, wie es im 17. Jahrhundert im Dreißigjährigen Krieg der Fall war, wo sich Protestanten und Katholiken bekriegten.
In den USA und auch in Deutschland wird Religionsfreiheit in der jeweiligen Verfassung festgeschrieben.

FREIHEIT FÜR ALLE?

Echte Religionsfreiheit bedeutet, dass die Rechte aller gleichermaßen geschützt werden. Es bedeutet aber auch, dass niemand dazu gezwungen werden kann, einer bestimmten Religion zu folgen. Es bedeutet außerdem, dass religiöse Minderheiten – die in einer Gesellschaft weniger zahlreich vertreten sind und weniger Macht haben, wie zum Beispiel in vielen westlichen Ländern der Islam, das Judentum, Hinduismus und Paganismus – genauso behandelt werden wie die dominante Religion. Es gibt viele Orte, an denen heutzutage die Religionsfreiheit für Minderheiten in Gefahr ist: In Indien herrscht antiislamische Gewalt, in Myanmar werden die Rohingya-Muslime diskriminiert. Seit den Terroranschlägen vom 11. September 2001 stiegen in den USA die Fälle von Hassverbrechen gegen muslimische und muslimisch gelesene Menschen. Während der Amtszeit von Präsident Donald Trump nahm dieser Hass noch weiter zu.

Religion ist ein Glaubenssystem darüber, wie unser Universum entstanden ist und welche Aufgabe wir auf unserem Planeten haben. Die meisten Religionen verehren einen oder mehrere Gött♥innen und haben Regeln, die beschreiben, was richtiges und was falsches Verhalten ist.

ANNE HUTCHINSON (1591–1643)

ANNE HUTCHINSON war eine puritanische Frau, die für Religionsfreiheit kämpfte und deshalb von ihrer Gemeinde verstoßen wurde. Anne, die ursprünglich aus England stammte, wanderte in die Massachusetts Bay Colony nach Amerika aus, wo sie Predigerin, Hebamme und Kräuterheilerin wurde. Viele ihrer Ideen provozierten die Männer, die in ihrer Kirche das Sagen hatten – vor allem, weil diese der Meinung waren, Frauen dürften nicht gleichberechtigt neben Männern religiöse Führungsrollen übernehmen. Als Anne immer mehr Anhänger♥innen fand, beschlossen die Männer ihrer Kirche, sie als Ketzerin zu brandmarken – also als eine Person, die nicht nach den Regeln der christlichen Kirche lebte und deshalb böse sein musste. Sie verbannten sie und ihre Familie 1637. Die Hutchinsons reisten nach Rhode Island, das damals für seine Religionsfreiheit bekannt war, und schließlich nach New York. Weil Anne trotz aller Verfolgung an ihren Grundsätzen festhielt, gilt sie heute als Kämpferin für Frauenrechte und Religionsfreiheit.

RELIGIONSPLURALISMUS

Es ist wichtig, dass verschiedene Religionen in einer Gesellschaft friedlich zusammen existieren können. Gelingt das, sprechen wir von Religionspluralismus. Im Religionspluralismus gilt die Vielfalt der Religionen der Welt nicht als beängstigend oder schlecht. Stattdessen wird sie als eine Möglichkeit betrachtet, wie Menschen mehr übereinander und darüber lernen können, die Freiheit zu respektieren, mit der wir alle unser Leben gestalten möchten.

Beim Religionspluralismus geht es darum, sich Mühe zu geben, sich gegenseitig zu verstehen und zu erkennen, dass Menschen trotz aller Unterschiede viele wichtige Werte gemeinsam haben. Wir alle wollen geliebt werden. Wir alle wollen, dass unser Leben einen Sinn hat. Wir wollen uns sicher fühlen und unsere Familie in Sicherheit wissen. Und wir alle verdienen es, respektvoll und gleichberechtigt behandelt zu werden, weil wir genau hier, genau jetzt auf diesem Planeten leben. Wenn wir uns annehmen, auch wenn wir nicht derselben Religion angehören, fällt es uns auch leichter, auf anderen Ebenen miteinander klarzukommen und uns gegenseitig zu schätzen. Auch wenn wir gar nicht religiös sind.

RELIGION und GLEICHHEIT

Wenn Menschen aufgrund von Vorurteilen gegen ihre Religion von anderen schlecht behandelt werden, nennen wir das religiöse Diskriminierung. Sie kann Menschen daran hindern, einen Job oder ein Haus zu bekommen oder zu behalten, und ihre Chancen, auch im Bereich Bildung, beeinträchtigen. Besonders schwerwiegend wirkt sich das auf Angehörige religiöser Minderheiten in einer Gesellschaft aus. Beispielsweise wurden Menschen jüdischen Glaubens jahrtausendelang religiös diskriminiert und unter anderem bis ins 20. Jahrhundert in bestimmten Berufen nicht zugelassen. Während des Holocausts war die jüdische Minderheit extremer Gewalt und schrecklichem Terror ausgesetzt. Aber die Menschen haben auch eine stolze Geschichte des Zusammenhalts und des Widerstands, auf die sie zurückblicken können, und feiern ihre Kultur und ihre Religion als Gemeinschaft.

Für gläubige LGBTQ+-Menschen ist es wichtig, religiöse Gemeinschaften zu finden, die sie akzeptieren, zum Beispiel das Reformjudentum, der Unitarische Universalismus, die United Church of Christ und die meisten Paganismus-Gruppierungen.

Gleichheit ist auch innerhalb einer Religion wichtig. Es gibt viele Beispiele dafür, dass Religionen ihre Mitglieder aufgrund von Gender, ethnischer Herkunft, sexueller Orientierung und anderen Eigenschaften ungleich behandeln. Viele Glaubensgruppen verbieten es Frauen beispielsweise, Führungspositionen zu übernehmen. Manche Menschen reagieren auf Diskriminierung in ihrer Religion damit, dass sie beschließen, ihr den Rücken zuzukehren. Vielleicht entscheiden sie sich für eine andere Religion, die besser zu ihnen passt, oder geben die Religion ganz auf. Andere entschließen sich dazu, zu protestieren und gemeinsam mit anderen Mitgliedern ihrer Religion daran zu arbeiten, sie zu verändern.

GLOSSAR

ADHS steht für Aufmerksamkeits-Defizit-Hyperaktivitäts-Störung. Menschen mit ADHS fehlt ein wenig Dopamin im Gehirn, deswegen können sie sich zum Teil nur schlecht konzentrieren und sind unruhig. Sie sind aber auch kreativ und das Zu-viel-Nachdenken bringt sie auf großartige Ideen.

ANGSTZUSTÄNDE sind überwältigende Momente, in denen Sorgen und Nervosität alles andere überschatten. Wir alle haben ab und zu Angst, aber Menschen, die unter Angstzuständen leiden, fühlen sich fast immer so.

AUSBEUTUNG ist, wenn ein Mensch einen anderen Menschen für seine eigenen Ziele ausnutzt. Zum Beispiel arbeiten viele Arbeiter♥innen für viel zu wenig Lohn und zu unsicheren Bedingungen. Sie werden von ihren Chef♥innen ausgebeutet.

AUTISMUS beschreibt das Phänomen, dass die Gehirne mancher Menschen sehr anders arbeiten als die der Mehrheit. Autist♥innen haben zum Teil Schwierigkeiten zu kommunizieren oder die Gefühle anderer richtig zu lesen. Sie sind empfindlicher gegenüber Licht und Lautstärke und fühlen sich in unbekannten Situationen unwohl.

BÜRGER♥INNENRECHTE Das Recht aller Menschen, gleichbehandelt zu werden und durch die Gesetze geschützt zu sein.

DEPRESSION Eine Krankheit, bei der sich die betroffene Person für lange Zeit traurig oder leer fühlt.

GENOZID ist die gezielte Ermordung einer bestimmten Gruppe von Menschen mit dem Ziel, diese Gruppe loszuwerden.

GEWERKSCHAFTEN sind Gruppen von Arbeiter♥innen, die sich zusammentun, um gemeinsam für bessere Bezahlung, Sicherheitsbedingungen und vieles mehr zu kämpfen.

HOLOCAUST ist der Begriff für die Ermordung von über 6 Millionen jüdischen Menschen und Millionen anderer durch die Nazis im zweiten Weltkrieg.

INKLUSIV bedeutet, dass die Bedingungen so geschaffen sind, dass jeder Mensch einbezogen wird und frei, sicher und gleichberechtigt am gesellschaftlichen Leben teilhaben kann.

INDIGENE sind die Menschen, die von Anfang an in einer Region gelebt haben, noch bevor Menschen aus anderen Regionen der Welt dort ankamen. Beispiele: die Ureinwohner Amerikas und Kanadas, Aborigines in Australien.

INTERNIERUNGSLAGER Gefängnislager, in dem Menschen einer bestimmten Gruppe, beispielsweise Bürger♥innen aus einem verfeindeten Land, während eines Krieges oder in anderen Konfliktsituationen festgehalten werden.

JIM-CROW-GESETZE Rassistische Gesetze, die in den Südstaaten der USA zwischen den 1870er Jahren bis 1968 bestimmt haben, dass Schwarze und Weiße getrennt voneinander zu leben haben, und die der Schwarzen Bevölkerung deutlich weniger Rechte auf Bildung, Wohnraum und vieles mehr eingeräumt haben

KOLONIALISMUS ist, wenn ein Land sich einfach das Recht herausnimmt, über ein anderes Land zu herrschen und dessen Einwohner♥innen zu unterdrücken.

KU KLUX KLAN Eine rassistische Terrorvereinigung in den USA, die die Vorherrschaft der Weißen mit Gewalt aufrechterhalten will. Sie lehnt die Bürger♥innenrechte für Schwarze ab und wettert zudem gegen jüdische Menschen und die LGBTQ+-Gemeinschaft. Der Ku Klux Klan ist verantwortlich für zahlreiche Morde und Angriffe gegen Schwarze Menschen.

LEGASTHENIE zu haben bedeutet, langsamer und schwerer Buchstaben und Wörter lesen zu können als die meisten anderen Leute. Für Legastheniker♥innen sieht es oft so aus, als würden die Buchstaben tanzen, manchmal sogar durcheinander, statt nebeneinander.

LGBTQ+ steht umfassend für die Gruppe aller Menschen mit diversen Geschlechts- und Genderidentitäten. L steht für lesbisch, also wenn ein Mädchen andere Mädchen attraktiv findet und liebt. G steht für *gay*, das heißt, ein Junge findet andere Jungs anziehend (wobei das Wort grundsätzlich für Homosexualität steht). B steht für bisexuell, wenn eine Person Mädchen und Jungs anziehend findet. T steht für Transgender (siehe Definition von Transgender). Q steht für *queer*, der Oberbegriff für alle Menschen, die nicht heterosexuell sind. + steht für weitere Eigenschaften, die nicht in die gesellschaftliche Norm passen.

MIGRANT♥INNEN sind Menschen, die von einem Land in ein anderes ziehen, um dort ein neues Leben anzufangen.

NAZI Mitglied der Partei, die von 1933 bis 1945 Deutschland regierte. Die Nazis haben die Menschenrechte missachtet und geglaubt, dass das deutsche Volk stärker und besser sei als alle anderen. Sie haben den zweiten Weltkrieg ausgelöst und extreme Gräueltaten an anderen Menschen verübt, besonders den Holocaust.

NEURODIVERSITÄT bezeichnet die Vielfalt der Funktionsweise des menschlichen Gehirns. Jedes Gehirn arbeitet ein bisschen anders. Manche Menschen haben im Vergleich zur Mehrheit ganz besondere Voraussetzungen und deshalb auch besondere Bedürfnisse. Aber eigentlich sind wir alle neurodivers!

NON-BINÄR ist eine Person dann, wenn sie sich selbst weder als männlich noch als weiblich sieht, sondern sich in allen Gendern wohlfühlt – oder in keinem.

PHOBIE ist ein Wort für Angst oder Hass gegen eine bestimmte Gruppe. Transphobie ist die Angst vor oder der Hass gegen Transgender-Menschen. Xenophobie richtet sich gegen Menschen aus anderen Ländern oder mit anderer Herkunft.

PRIVILEGIERT sind Menschen, die reich sind und/oder andere Vorteile genießen, wie zum Beispiel eine gute Bildung, eine gute Krankenversorgung oder die Zugehörigkeit zu einer bevorzugten Gruppe.

PURITANER♥INNEN sind Mitglieder einer besonderen Gruppe der protestantischen Kirche des 16. und 17. Jahrhunderts. Sie wollten die Kirche verändern und strengere Regeln einführen, wie Gläubige ihr Leben führen sollten.

SEGREGATION ist das Wort dafür, wenn Menschen einer bestimmten Gruppe dazu gezwungen sind, getrennt von den Menschen anderer Gruppen zu leben. Das Gesetz schreibt dann vor, dass sie woanders wohnen, zur Schule gehen und einkaufen müssen als die anderen.

SKLAVEREI bedeutet, dass Menschen von anderen Menschen in höheren Positionen behandelt werden, als wären sie deren Eigentum. Manche Leute werden von ihren Chef♥innen dazu gezwungen, unter schrecklichen Bedingungen und für wenig oder gar kein Geld zu arbeiten. Beispielsweise wurden Schwarze Menschen in den USA vom 17. Jahrhundert bis zum Jahr 1865 als Sklav♥innen »gehalten«. Sklaverei gibt es leider noch immer, auch wenn sie in vielen Ländern verboten ist.

SPARPOLITIK bezeichnet das Vorgehen von Regierungen zu sparen, indem sie weniger Geld für Löhne, öffentliche Einrichtungen (wie Schulen und Krankenhäuser) und Sozialhilfe, zum Beispiel für Menschen mit Behinderungen und Geringverdiener♥innen, ausgeben.

STEREOTYPE sind falsche Erwartungen und Vorstellungen darüber, was Menschen einer bestimmten Gruppe mögen, können und tun sollten – oder nicht. Ein Stereotyp ist zum Beispiel, dass Mädchen mehr weinen als Jungs oder dass Schwarze von Natur aus besser in manchen Sportarten sind.

TRANSGENDER beschreibt Menschen, die sich einem anderen Geschlecht zugehörig fühlen als dem, das ihnen wegen ihrer körperlichen Merkmale bei ihrer Geburt zugewiesen wurde.

UN (UNITED NATIONS) ist der Zusammenschluss mehrerer Länder zu einer Gruppe, die gemeinsam versucht, Kriege zu verhindern, Menschenrechte zu schützen und die Lebensbedingungen aller Menschen weltweit zu verbessern.

UNTERDRÜCKUNG bedeutet, dass Menschen unfair oder sogar grausam behandelt werden, und zwar über einen langen Zeitraum und ganz offiziell durch politische und gesellschaftliche Strukturen.

VERFASSUNG Offiziell festgelegte Regeln, die beschreiben, wie ein Land funktioniert, also, wie seine Regierung arbeitet und welche Rechte seine Bürger♥innen haben.

VORURTEILE zu haben bedeutet, eine Person oder Gruppe zu beurteilen oder verurteilen, ohne sie persönlich zu kennen. Menschen bauen ihre Vorurteile meistens nicht auf Erfahrungen auf, sondern auf Dingen, die sie gelesen oder von anderen gehört haben.

INDEX

ZEIT FÜR EINE DISKUSSION

Schreibe eine Liste aller Aufgaben, die in deinem Haushalt zu erledigen sind. Von dir und deinen Geschwistern, von deinen Eltern oder Betreuungspersonen und allen, die im Haushalt mithelfen.

Wer erledigt die Aufgaben? Werden sie zwischen den Geschlechtern gerecht aufgeteilt?

Findest du das fair?

Falls nicht, sag, was du gerne verändern würdest.

Nenne ein Beispiel für ein gemeines Klischee, das gegen eine Gruppe verwendet wird. Dann nenne ein Beispiel dafür, warum dieses Klischee falsch ist.

Wie könntest du deinen Freund♥innen und Nachbar♥innen aus einer anderen ethnischen Gruppe zeigen, dass sie und ihre Sicherheit dir am Herzen liegen?

Fallen dir Beispiele für Xenophobie ein, die du aus Geschichtsbüchern kennst oder die auch heute noch passieren? Wie können wir dazu beitragen, dass sich Menschen unserer Gemeinschaft, die aus einem anderen Land hergezogen sind, hier willkommen fühlen?

Kennst du eine Person (dich eingeschlossen), die wegen ihrer Religion oder Religionslosigkeit anders behandelt wird? Wie fühlt sich das deiner Meinung nach wohl für sie an?

Kennst du Menschen, die sich in deiner Gemeinschaft, deinem Land oder der Welt für mehr Gleichheit einsetzen?

Denk an einen öffentlichen Ort in deinem Wohnort, der oft benutzt wird, wie zum Beispiel eine Bücherei, einen Park oder den Strand. Wie gut ist dieser Ort für Menschen mit Behinderungen zugänglich? In welcher Hinsicht könnte er barriere- freier sein?

Wenn wir über Sexualität reden, warum ist Einvernehmlichkeit dann eins der wichtigsten Elemente, das wir verstehen und praktizieren müssen?

Auf welche Art hast du schon Klassismus erlebt oder gesehen, wie andere durch Klassismus diskriminiert wurden? In welcher Hinsicht wäre unsere Welt anders, wenn alle in wohlhabende Familien geboren würden? Wie können wir eine solche Welt Wirklichkeit werden lassen?

Welche Privilegien genießt du, und in welcher Hinsicht haben du und/ oder deine Familie Diskriminierungen erfahren?

QUIZ

1. In welcher Farbe wurden kleine Jungs vor 1940 oft eingekleidet?

a) Blau
b) Orange
c) Rosa
d) Grün

2. Welche der folgenden Frauen war eine berühmte englische Suffragette?

a) Susan B. Anthony
b) Elizabeth Cady Stanton
c) Emily Murphy
d) Emmeline Pankhurst

3. In welchem Land wurde Sanna Marin 2019 Premierministerin?

a) Dänemark
b) Finnland
c) Brasilien
d) Kanada

4. Malala gewann den Friedensnobelpreis, weil sie sich für welche Mädchenrechte einsetzte?

a) auf Bildung
b) Wahlrecht
c) Bessere Gesundheitsversorgung
d) Kostenloses Essen

5. Wer entwarf die LGBTQ+-Regenbogenflagge?

a) Gilbert Baker
b) Brenda Howard
c) Harvey Milk
d) Marsha P. Johnson

6. Welches ist KEIN Beispiel für Neurodiversität?

a) ADHD
b) Legasthenie
c) Taubheit
d) Autismus

7. Welcher diese*r berühmten Künstler*innen hatte eine Behinderung?

a) Vincent Van Gogh
b) Frida Kahlo
c) Henri Matisse
d) Michelangelo

8. Den Marsch auf welche Stadt führte Martin Luther King 1963 an?

a) Chicago
b) New York
c) Los Angeles
d) Washington

9. Gegen welches Umweltproblem protestiert »Little Miss Flint« in ihrer Heimatstadt?

a) Luftverschmutzung
b) Vergiftetes Wasser
c) Eine neue Ölpipeline
d) Waldrodung

10. Welche Bewegung gründeten Patrisse Cullors, Alicia Garza und Opal Tometi 2013?

a) HeForShe
b) Black Lives Matter
c) Fridays For Future
d) Never Again

11. Wer war der erste Schwarze Präsident Südafrikas?

a) Nelson Mandela
b) Barack Obama
c) Paul Boateng
d) Kofi Annan

12. César Chávez und Dolores Huerta führten den Streik welcher Arbeiter♥innen an?

a) Fabrikarbeiter♥innen
b) Erntehelfer♥innen
c) Krankenpfleger♥innen
d) Lehrer♥innen

Antworten: 1c, 2d (Die anderen waren berühmte Suffragetten in den USA und Kanada.), 3b, 4a, 5a (Die anderen waren auch wichtige LGBTQ+-Aktivist♥innen in den 1960er und 1970er Jahren.), 6c, 7 ALLE! (Fangfrage: Frida Kahlo taucht in diesem Buch auf, aber auch die anderen waren trotz ihrer Behinderungen künstlerisch aktiv.), 8d, 9b (Die anderen sind aber echte Beispiele für Umweltrassismus an anderen Orten.), 10b (Die anderen Bewegungen gibt es auch, sie sind alle in den 2010er Jahren gegründet worden.), 11a (wobei die anderen auch jeweils die erste Schwarze Person in einer wichtigen Position waren), 12b.

FINDE MEHR HERAUS!

- Was sind die 10 am häufigsten gesprochenen Sprachen in deinem Land oder deiner Stadt?
- Schreib alle internationalen Küchen auf, die in den Restaurants in deiner Nachbarschaft oder in der nächstliegenden Stadt zu finden sind.
- Wer ist der/die ranghöchste Politiker♥in in deiner Region?
- Welche 5 Religionen sind in deinem Land am meisten vertreten?
- Frag ein Familienmitglied, ob ihr Verwandte oder Vorfahren habt, die emigriert oder geflüchtet sind oder Erfahrungen mit Kolonialismus und Sklaverei machen mussten. Welche Frage würdest du dieser Person stellen?
- Recherchiere online, ob in deinem Ort oder einer Stadt in der Nähe bald eine Demonstration geplant ist. Wofür oder wogegen soll protestiert werden?

Über welchen Aktivist oder welche Aktivistin in diesem Buch würdest du gerne mehr herausfinden? Forsche selbst ein bisschen nach und schreibe deine Ergebnisse auf die Seite hier. Du kannst auch ein Bild malen, wenn du willst!

WERDE AKTIV!

Was sind deine Hoffnungen und Träume für eine gerechtere Welt?

Welche drei Dinge würdest du tun, um unsere Gesellschaft gerechter zu machen?

Wie würdest du das tun?

Aktionen für Aktivist♥innen

FREIWILLIGE VOR! Suche dir eine Organisation, die für mehr Gerechtigkeit kämpft oder benachteiligten Gruppen hilft, und finde heraus, was du tun kannst, um sie zu unterstützen.

SCHREIB EINEN BRIEF! Wenn du etwas Ungerechtes siehst, finde heraus, wer die Macht hat, es zu verändern (denk an Politiker♥innen oder Firmenchef♥innen in deiner Nähe, oder fang bei deinem Schuldirektor oder deiner Direktorin an), und schreibe dieser Person! Formuliere deine Bitte verständlich und respektvoll.

STARTE EINE PETITION! Das ist ein bisschen, wie einen Brief zu schreiben, aber du erzählst vielen Leuten davon und überzeugst sie, ihn auch zu unterschreiben. Du kannst auf einem Stück Papier Unterschriften sammeln oder eine Online-Petition starten.

HALTE EINE SPENDENAKTION AB! Wie wäre es mit einem Kuchenverkauf, einem gesponsorten Fahrradausflug oder einem Konzert, um Geld für eine Sache zu sammeln, die dir am Herzen liegt.

GEMEINDEARBEIT! Es geht nicht immer nur um Geld! Viele Organisationen, die benachteiligten Menschen helfen, freuen sich auch über andere Spenden. Organisationen wie das Rote Kreuz oder die Kinderhilfe brauchen oft Nahrungs-, Kleider-, Bücher- und Spielzeugspenden.

KAUFE FAIR! Versuche, dir darüber bewusst zu werden, wie die Dinge hergestellt werden, die du kaufst. Behandeln die Firmen, die sie produzieren, ihre Arbeiter♥innen fair oder tragen sie zum Beispiel zu moderner Sklaverei oder Umweltrassismus bei? Unterstützen oder boykottieren?

Sei ein♥e Verbündete♥r

Ein♥e Verbündete♥r (oder auf Englisch *Ally*) zu sein, ist ein bisschen wie Freundschaft. Es bedeutet hinzusehen, innezuhalten und zuzuhören. Wenn du Unterdrückung oder Diskriminierung siehst, die dich nicht selbst betrifft (also beispielsweise Rassismus, wenn du Weiß bist, oder Sexismus gegen eine Frau, wenn du ein Mann bist), dann höre zu und schenke den Erfahrungen der Menschen Glauben, damit sie sich nicht allein fühlen: Informiere dich – zum Beispiel, indem du dieses Buch liest! – und finde heraus, was du und andere privilegierte Menschen tun könnten, um die Welt an der Seite derer, die nicht dieselben Privilegien genießen wie du, zu einem gerechteren Ort zu machen. Ein *Ally* kannst du zum Beispiel sein, indem du:

- Über die Sprache nachdenkst, die du benutzt.
- Dich gegen diskriminierende Äußerungen und Handlungen aussprichst, auch gegen solche, die von privilegierten Menschen als »Witz« bezeichnet werden. Achte darauf, für die einzustehen, die deine Privilegien nicht teilen, selbst wenn sie gerade nicht dabei sind.
- Folge der Anleitung der Menschen, die diskriminiert werden – gehe nicht einfach davon aus, dass du weißt, was am besten für sie ist.
- Aber erwarte nicht von deinen Freunden, dass sie dir beibringen, was du tun kannst. Sie sind wahrscheinlich schon erschöpft genug davon, sich jeden Tag mit Diskriminierungen auseinandersetzen zu müssen. Lerne stattdessen von den Ressourcen, die dir zur Verfügung stehen (Bücher, Filme, Podcasts, Reden bei Demonstrationen und so weiter).
- Vergiss nicht, dass Diskriminierung nicht bedeutet, dass die betroffene Person nicht gleichzeitig auch privilegiert sein kann. Beispielsweise kann ein weißer schwuler Mann zwar Homophobie erfahren, ist als Weißer und als Mann aber dennoch privilegiert. Und alle drei Aspekte sind wichtig.
- Kläre deine Freunde und deine Familie, die deine Privilegien teilen, darüber auf, in welcher Hinsicht dieses Privileg denjenigen schadet, die es nicht haben, und wie ihr gemeinsam daran arbeiten könnt, die Welt gerechter zu machen.

Vergiss nicht, dass es IMMER etwas zu lernen gibt!

Lass dich inspirieren

Betrachte die Beispiele von jungen Aktivist♥innen in diesem Buch und sieh dir noch einmal an, wie sie für die Gleichheit kämpfen. Fällt dir etwas Ähnliches ein, was du selbst tun könntest?

SCHREIB- und ZEICHENSPAß

Nutze diesen Platz, um ein Plakat für eine Sache zu gestalten, die dir wichtig ist (Black Lives Matter, Liebe ist Liebe, Mädchen können alles schaffen!).

Werde kreativ für die Gerechtigkeit! Zeichne ein Bild davon, wie eine gerechte Welt aussehen könnte. Wo würden die Menschen leben? Wie würde ihr Alltag aussehen? Was wäre anders als die Umgebung, in der du dich gerade befindest?

Erschaffe deine Welt!

SCHREIB- *und* ZEICHENSPAß

Nutze diesen Platz, um ein Plakat für eine Sache zu gestalten, die dir wichtig ist (Black Lives Matter, Liebe ist Liebe, Mädchen können alles schaffen!).

Werde kreativ für die Gerechtigkeit! Zeichne ein Bild davon, wie eine gerechte Welt aussehen könnte. Wo würden die Menschen leben? Wie würde ihr Alltag aussehen? Was wäre anders als die Umgebung, in der du dich gerade befindest?

Erschaffe deine Welt!

Denke an all die Superheldenfilme, die du gesehen hast, oder die Geschichten, die du gelesen hast. Sind sie divers? Haben die Held♥innen unterschiedliche Geschlechter, verschiedene Ethnien oder eine Behinderung? Repräsentieren sie dich?

Schreib selbst eine Geschichte, in der der Held oder die Heldin so ist wie du oder wie eine Person, die du endlich gerne in einer Hauptrolle sehen würdest.

Schreib ein Gedicht darüber, warum Gerechtigkeit dir wichtig ist und warum Aktivismus die Welt verändern kann.

Schreib eine Reportage über ein Beispiel von Ungleichheit, das du vor Kurzem im Fernsehen gesehen hast. Stelle sicher, dass sie die Perspektive der benachteiligten Menschen beinhaltet. (Diese Leute können für deine Reportage erfunden sein, aber gute Journalist♥innen sollten die betroffenen Menschen immer persönlich interviewen, ihre Ansichten aufzeichnen und darüber berichten.)